D0820077

Dream

Daddy Daddy know what?
Last night I saw a movie
in my pillow

Sueño

Papi Papi ¿sabes qué?
Anoche vi una película
en mi almohada

San Francisco
Los Angeles
Washington D.C.
San Salvador

A Movie in My Pillow

Una película en mi almohada

Poems/Poemas Jorge Argueta

Illustrations/Ilustraciones Elizabeth Gómez

Children's Book Press / Libros para niños
San Francisco, California

Introducción

Nací cerca de San Salvador, la capital de El Salvador. Mi casa en las faldas del cerro de San Jacinto era una casa humilde, tenía piso de tierra, no tenía agua potable ni electricidad. Cuando llovía era hermoso escuchar las gotas bailar en el techo de lámina. Alrededor crecían arboles frutales. Pericos y otros pájaros multicolores llegaban en las mañanas a comer y a cantar.

Rodeado por toda esta belleza, no me enteraba de lo pobre que éramos la gran mayoría. Todos deseábamos un cambio, pero unas pocas personas en nuestro país no les importaba el cambio. Esto causó una sangrienta guerra civil. De 1980 a 1990, más de medio millón salimos huyendo para los Estados Unidos. Ahora hay comunidades de salvadoreños floreciendo en Los Ángeles, San Francisco, Washington, D.C. y otras ciudades.

Estos poemas se basan en mi vida cuando recién llegué a este país. Lo afortunado que me sentía de estar con vida en San Francisco y lo mucho que extrañaba mi patria. Estos poemas son mis memorias, mis sueños—mis películas en mi almohada. Se los dedico a todos los niños de El Salvador y de todo el mundo, con la esperanza de que tengamos un hermoso mañana.

—*Jorge Argueta*

Introduction

I was born near San Salvador, the capital city of El Salvador. My house stood on the edge of the San Jacinto hill. It was a humble house with dirt floors, no running water, and no electricity. When it rained it was beautiful to hear the drops dancing on the tin roof. All around grew fruit trees. Parakeets and other multicolored birds arrived in the mornings to eat and sing.

Surrounded by all this beauty, I didn't realize how poor most of us were. We were yearning for change, but a few powerful people in our country didn't want change. The result was a bloody civil war. From 1980 to 1990, more than half a million of us fled to the United States. Today, there are flourishing Salvadoran communities in Los Angeles, San Francisco, Washington, D.C., and other cities.

These poems are based on my life when I first came to this country. How much I missed my homeland! How fortunate I was to be alive in San Francisco! These poems are my memories, my dreams—the movies in my pillow. I dedicate them to all the children from El Salvador—and to children everywhere—with the hope that we may all have a beautiful tomorrow.

—Jorge Argueta

Barrio lleno de sol

Vivo en San Francisco
en el Distrito de la Misión
Barrio lleno de sol
de colores y sabores

Aguacates y mangos
papayas y sandías
Aquí mi amigo Tomás
con el sol se ríe más

Aquí en mi barrio
se puede saborear
una sopa de lenguas
en el viento

Chino en el restaurante
árabe en la tienda de abarrotes
y por dondequiera
inglés y español

Aquí en mi barrio
el Distrito de la Misión
siempre hace mucho sol
igual que en El Salvador

Neighborhood of Sun

I live in San Francisco
in the Mission District
Neighborhood of sun
of colors and flavors

Avocadoes and mangoes
papayas and watermelons
Here my friend Tomás
laughs louder with the sun

Here in my neighborhood
you can taste
a soup of languages
in the wind

Chinese in the restaurant
Arabic in the grocery store
and everywhere
English and Spanish

Here in my barrio
the Mission District
the sun always shines
just like in El Salvador

進來

Wonders of the City

Here in the city there are
wonders everywhere

Here mangoes
come in cans

In El Salvador
they grew on trees

Here chickens come
in plastic bags

Over there
they slept beside me

Las maravillas de la ciudad

Aquí en esta ciudad
todo es maravilloso

Aquí los mangos
vienen enlatados

En El Salvador
crecían en árboles

Aquí las gallinas vienen
en bolsas de plástico

Allá se dormían
junto a mí

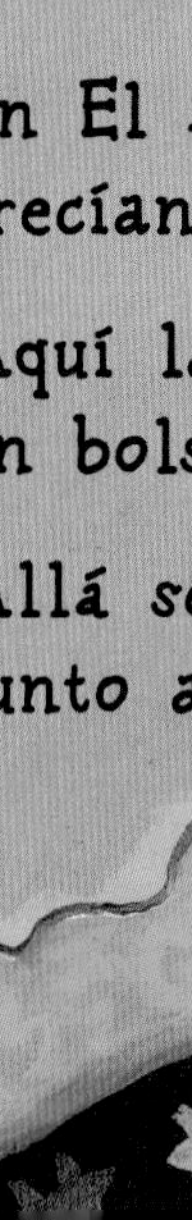

Las pupusas

Las pupusas
son redondas
como la letra "O"

Las pupusas
son la más sabrosa
memoria de casa

Las pupusas
las encontraba
en la mesa

cuando mi mamá
me llamaba por las tardes
"Jorgito, vente a comer"

Pupusas

Pupusas
are round
like the letter "O"

Pupusas
are the most delicious
memory of home

Pupusas
are what I found
on the table

when Mama called me
in the afternoons
"Jorgito, come and eat"

Las pupusas son sabrosas tortillas gruesas de maíz rellenas de queso o carne, un platillo típico de El Salvador.

Pupusas *are tasty cheese-meat pies made of corn, a specialty of El Salvador.*

Cuando salimos de El Salvador

Cuando salimos de El Salvador
para venir a los Estados Unidos
mi papá y yo salimos huyendo
una madrugada de diciembre

Salimos sin decirles adiós
a parientes, amigos o vecinos
No me despedí de Neto
mi mejor amigo

No me despedí de Koki
mi periquito parlanchín
ni de la señorita
Sha-Sha-She-Sha
mi perrita favorita

Cuando salimos de El Salvador
en el autobús yo no dejaba de llorar
porque allá se habían
quedado mi mamá
mis hermanitos y mi abuela

When We Left El Salvador

When we left El Salvador
to come to the United States
Papa and I left in a hurry
one early morning in December

We left without saying goodbye
to relatives, friends, or neighbors
I didn't say goodbye to Neto
my best friend

I didn't say goodbye to Koki
my happy talking parakeet
I didn't say goodbye to
Miss Sha-Sha-She-Sha
my very dear doggie

When we left El Salvador
in a bus I couldn't stop crying
because I had left my mama
my little brothers
and my grandma behind

Soup of Stars

Many nights
we would go to bed
without eating

We would look up
at the stars—
the stars were our soup

Sopa de estrellas

Muchas noches
nos íbamos a la cama
sin comer

Mirábamos
las estrellas—
ésa era nuestra sopa

With the War

Streets
became so lonely

Doors
were made of metal

Wind
kept on howling

And we never
went out to play

Con la guerra

Las calles
se quedaron solitarias

Las puertas
las hicieron de metal

El viento
no paraba de gritar

Y nosotros dejamos
de ir afuera a jugar

Sidewalk Snakes

Don't step on the snakes Papi
Don't step on the sidewalk snakes
Can't you see that they are cobras?

If you step on them
they will wake up and tangle
around your legs

Then they will sting you
they will bite you
and you will be very sleepy

Las culebras del andén

No pises las culebras Papi
No pises las culebras del andén
¿Qué no ves que son cobras?

Si las pisas las vas a despertar
y se te van a enredar
en las piernas

Luego te van a picar
te van a morder
y te va a dar mucho sueño

Papa's Voice

Come here my son
Come here my child
Come here my little prince

Come to your Daddy's arms
Come my heart
Come my love

I have so many things
to tell you about your country
El Salvador

La voz de Papá

Venga mi'jo
Venga mi niño
Venga mi principito

Venga a los brazos de Papá
Venga corazón
Venga mi amor

Venga que tengo muchas cosas
que contarle de su patria
El Salvador

My Bicycle

My bicycle
is purple
and taller than me

My bicycle
is a spotted horse
faster than the wind

My bicycle
is a dragon
dancing

cumbias
all the way
to El Salvador

Mi bicicleta

Mi bicicleta
es morada
y más alta que yo

Mi bicicleta
es un caballo pinto
veloz como el viento

Mi bicicleta
es un dragón
que baila

cumbias
desde aquí hasta
El Salvador

The cumbia is a joyful tropical dance, very popular in Latin America.

La cumbia es un alegre baile tropical, muy popular en Latinoamérica.

Sombra

Sombra
yo te quiero
aunque a veces
me enojas

porque siempre
llegas primero
cuando jugamos
a correr

Shadow

Shadow
I love you
but sometimes
you make me mad

because
every time
we race
you always win

El camión color naranja de Papá

¡Rrrruuummm!

Por las calles ruge
el camión color
naranja de Papá

Cuando veo a Papá
en su camión anaranjado
frente a mi escuela

yo corro y corro
y doy un gran salto
para sentarme junto a él

¡Rrruuummm!

Riendo nos vamos
a recoger por las calles
cajas de cartón

Yo pretendo ser
boxeador y a las cajas
me pongo a noquear

Luego salto
sobre las cajas
como en un trampolín

Mi papá me da un apretón
de manos y dice:
"Muchas gracias, mi'jo"

¡Rrruuummm!

El camión color naranja
de Papá ahora parece
una pirámide en ruedas

My Papa's Orange Truck

Vrrrooommm!

My papa's orange truck
roars through the streets
every afternoon

When I see Papa
in his orange truck
in front of my school

I run and run
and take a big jump
to sit next to him

Vrrrooommm!

We go off laughing
looking for discarded
cardboard everywhere

I flatten the cardboard
boxes with my fists
pretending to be a boxer

Then I jump
on top of the boxes
like on a trampoline

Papa shakes my hand
and tells me: *"Gracias, mi'jo"*
(Thank you, my son)

Vrrrooommm!

Now my papa's orange truck
looks like
a pyramid on wheels

YoYo
Yo tengo un yoyo que me tiene loco
pero yo no puedo parar de jugar yoyo yo juego yoyo
en las mañanas yoyo al mediodía yoyo por las tardes yoyo por las noches
yoyo yoyo yo sueño yoyo yo camino yoyo yo como yoyo
yo soy un yoyo

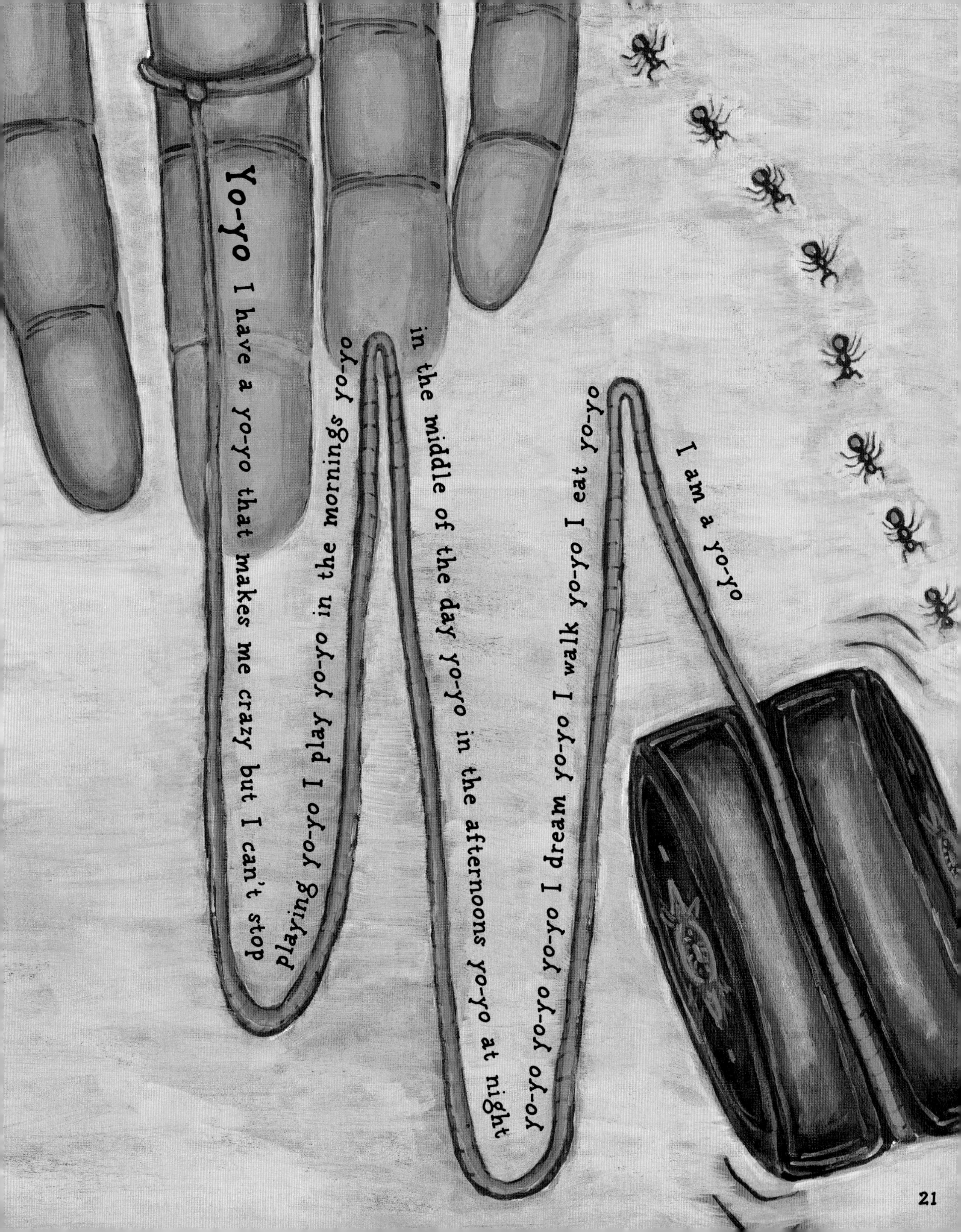
Yo-yo I have a yo-yo that makes me crazy but I can't stop
playing yo-yo I play yo-yo in the mornings yo-yo
in the middle of the day yo-yo in the afternoons yo-yo at night
yo-yo yo-yo yo-yo I dream yo-yo I walk yo-yo I eat yo-yo
I am a yo-yo

Playful Tomás

My new friend
Tomás tells me
funny stories

His joking
reminds me of Neto
my friend in El Salvador

who I still carry
as a sun
in my heart

Tomás vacilón

Mi nuevo amigo
Tomás me dice
cuentos chistosos

Sus vaciladas
me recuerdan a Neto
mi amigo de El Salvador

a quien aún llevo
en mi pecho
como un sol

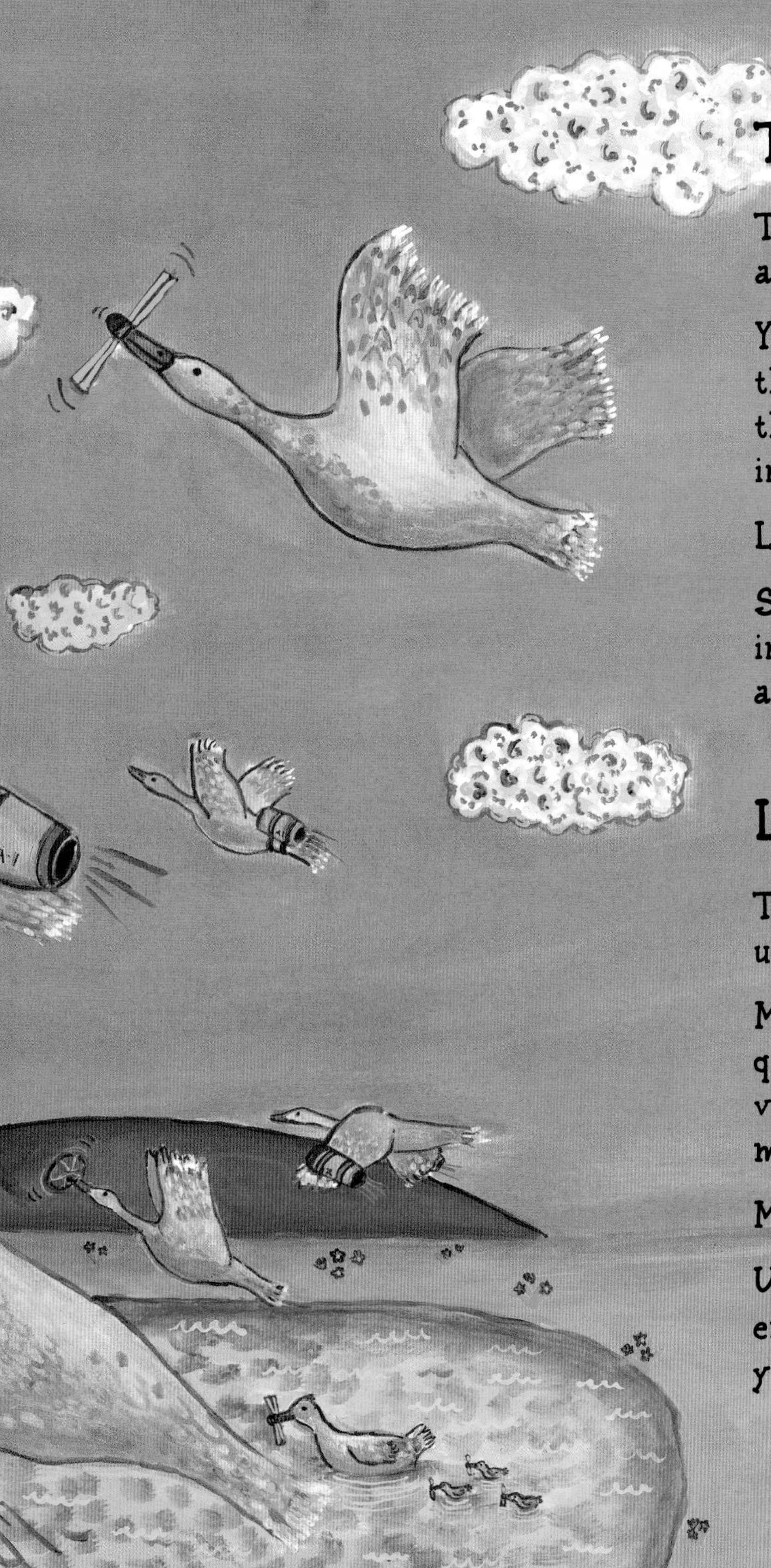

Tomás's Lie

Tomás you are
a liar

You told me
that birds fly because
they have engines
in their butts

Liar

Some have engines
in their wings
and others in their beaks

La mentira de Tomás

Tomás vos sos
un mentiroso

Me dijiste
que los pájaros
vuelan porque tienen
motor en el trasero

Mentiroso

Unos lo llevan
en las alas
y otros en el pico

Voz hogareña

De mi tío Alfredo recibí
una gran sorpresa—
un paquete en el correo
que venía de El Salvador

Adentro hallé una cinta grabada
con la voz de mi abuelita
hablándome y cantándome
en náhuatl y en español:

"Jorge, Jorge, quizás
ya nunca vas a volver.
¿Te acordás cuando te sentaste
a mi lado a la orilla del río?"

"Jorge, Jorge, no te olvides
que en náhuatl 'tetl'
quiere decir 'piedra'
y 'niyollotl'—'mi corazón'"

Náhuatl es una lengua indígena que se habla en regiones de México y El Salvador.

Voice from Home

From my uncle Alfredo
I received a great surprise—
a package in the mail
from El Salvador

Inside I found a tape
with my grandma's voice
talking and singing to me
in Nahuatl and Spanish:

"Jorge, Jorge, maybe
you will never come back.
Remember when you sat
next to me on the river bank?"

"Jorge, Jorge, don't forget
that in Nahuatl 'tetl'
means 'stone' and 'niyollotl'
means 'my heart'"

Nahuatl is an indigenous language spoken in parts of Mexico and El Salvador.

Lengua de pájaros

Antes sólo podía
hablar español

Ahora también
puedo hablar inglés

Y en sueños
hablo en náhuatl

la lengua
que mi abuelita dice

su gente
—los pipiles—

aprendieron
de los pájaros

Los Pipiles son un pueblo indígena de El Salvador que habla náhuatl, la lengua de los aztecas.

Language of the Birds

I used to speak
only Spanish

Now I can speak
English too

And in my dreams
I speak in Nahuatl

the language
my grandma says

her people
—the Pipiles—

learned
from the birds

The Pipiles are an indigenous people of El Salvador who speak Nahuatl, the language of the Aztecs.

Los cuentos de mi abuelita

"Mita" le llamo de cariño a mi abuelita

Los cuentos de Mita
hacen que su rancho
se llene de estrellas

Los cuentos de Mita
nos dibujan
sonrisas en el rostro

Los cuentos de Mita
son tan viejos
como las montañas

Los cuentos de Mita
son como el canto
de los grillos

Si cierro los ojos
los escucho
en el viento

My Grandma's Stories

I call my grandma "Mita"—an affectionate term for "mi abuelita" ("my grandma")

Mita's stories
filled her shack
with stars

Mita's stories
put smiles
on our faces

Mita's stories
are old
like the mountains

Mita's stories
are like the songs
of the crickets

If I close my eyes
I hear them
in the wind

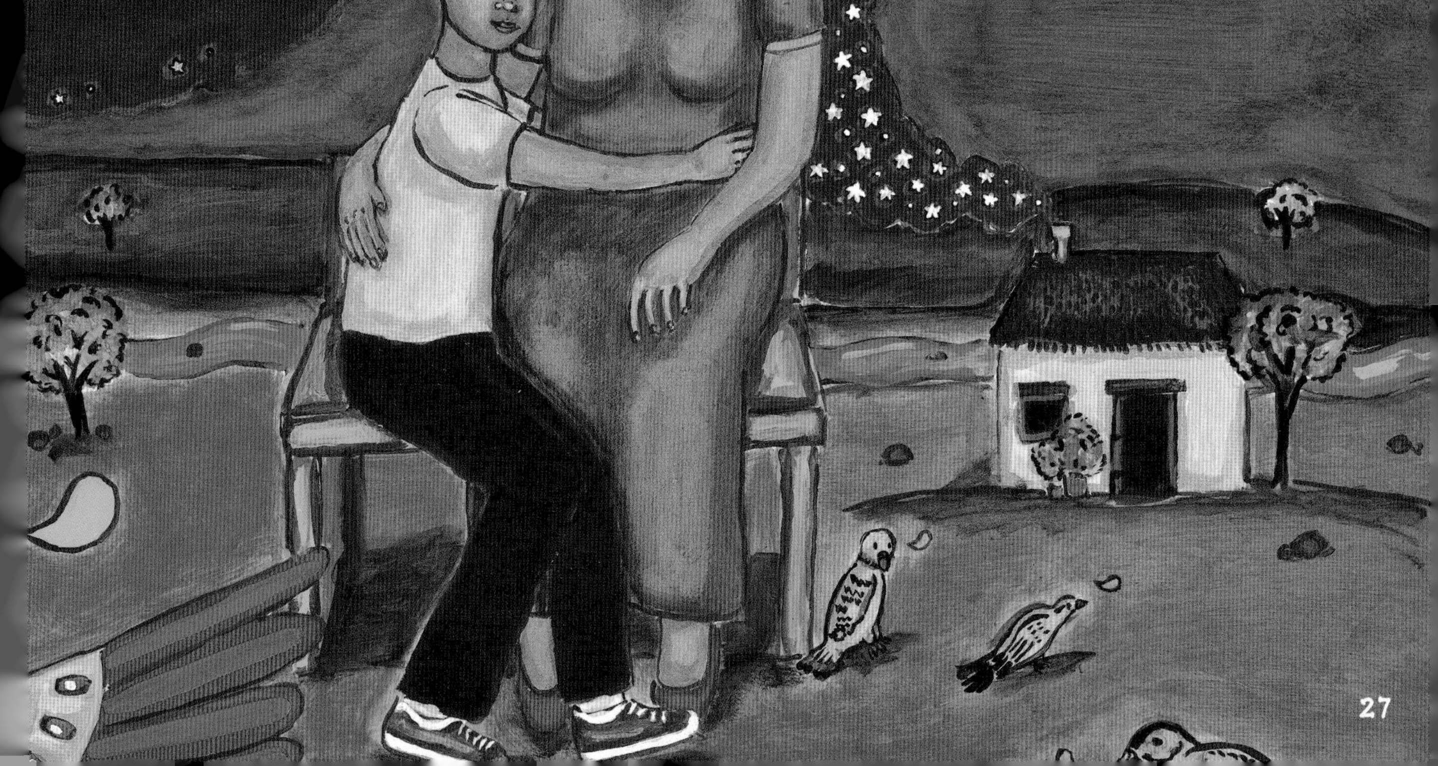

Nido familiar

Hoy mi mamá
y mis hermanitos
llegaron de El Salvador

Casi no los reconozco
pero al irnos abrazando
nos sentimos como un gran nido
con todos los pájaros adentro

Family Nest

Today my mama
and my little brothers
arrived from El Salvador

I hardly recognize them
but when we hug each other
we feel like a big nest
with all the birds inside

El mejor guía de la ciudad

"Vámonos a pasear,
hoy yo seré su guía"
le digo a mi mamá
y a mis hermanitos

Hay tantas cosas
que les quiero mostrar—
Jardines que caminan
de la mano de mujeres

Trenecitos urbanos
que entran y salen
de la boca abierta
de montañas

Edificios gigantes
que recogen estrellas
del suelo y luego
las ponen en el cielo

The Best Guide in Town

"Let's go see the city
Today I'll be your guide"
I tell my mama
and my little brothers

There are so many things
I want to show you—
Gardens that walk by
on the hands of women

Little city trains
that go in and out
of the open mouths
of mountains

Giant buildings
that pick up stars
from the ground
and put them in the sky

Banda de pericos

Todos los sábados
por las mañanas
Mamá y Papá
mis hermanitos y yo
caminamos por la Calle 24

Somos una banda
de pericos que vuelan
de San Francisco
a El Salvador
y de allá para acá

A Band of Parakeets

Every Saturday morning
Mama and Papa
my little brothers
and I walk
on 24th Street

We are like a band
of parakeets flying
from San Francisco
to El Salvador
and back again

Jorge stays in his aunt's house when he returns to visit El Salvador.

Jorge buys mangoes near his home in San Francisco's Mission District.

Photo by Teresa Kennett

Jorge Argueta is a gifted poet and teacher. Born in El Salvador, he came to San Francisco in 1980. The author of several books of poems, he is active in the cultural life of the city and teaches poetry in the public schools. He also works with humanitarian organizations to assist families and children in El Salvador. *A Movie in My Pillow* is his first book for children.

Elizabeth Gómez is an internationally exhibited painter, widely acclaimed for her brilliant use of color and fantastical imagery. Her artwork for *The Upside Down Boy/El niño de cabeza*, by Juan Felipe Herrera, was praised for its "delightful humor" and "colorful metaphor." A native of Mexico City, she now lives in Redwood City, California, with her husband and children.

Para mi hija Luna, con todo mi amor, y para Teresa Kennett por su amor y su apoyo.
For my daughter Luna, with all my love, and for Teresa Kennett for all her love and support. —J.A.

Para Hernán, Mijal y Clara. Para mis familias en Argentina y México, con todo mi amor.
For Hernán, Mijal and Clara. For my families in Argentina and Mexico, with love. —E.G.

Editors: Francisco X. Alarcón, Harriet Rohmer, and David Schecter
Design and Production: Katherine Tillotson
Editorial and Production Assistant: Katherine Brown

Argueta, Jorge.
A movie in my pillow : poems/Jorge Argueta; illustrations/Elizabeth Gómez =
Una película en mi almohada: poemas/Jorge Argueta; ilustraciones/Elizabeth Gómez.
p. cm.
ISBN 0-89239-165-0
1. Children's poetry, Salvadoran. 2. Children's poetry, Salvadoran—Translations into English. 3. Argueta, Jorge—Translations into English. [1. Salvadoran poetry. 2. Spanish language materials—Bilingual.] I. Title: Pelicula en mi almohada. II. Gómez, Elizabeth, ill. III. Title.

PQ7539.2.A67 A23 2001
861'.64—dc21 00-055582

Printed in Hong Kong by Marwin Productions
10 9 8 7 6 5 4 3 2
Distributed to the book trade by Publishers Group West
Quantity discounts are available through the publisher for educational and nonprofit use.